O LÁPIS MÁGICO

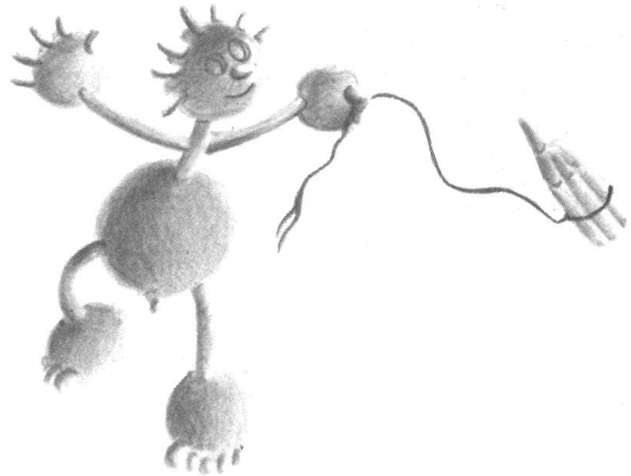

O LÁPIS MÁGICO

Edison Barroca

5ª edição

JOSÉ OLYMPIO
EDITORA
Rio de Janeiro, 2009

Reservam-se os direitos desta edição à
EDITORA JOSÉ OLYMPIO LTDA.
Rua Argentina, 171 – São Cristóvão
20921-380 – Rio de Janeiro, RJ – República Federativa do Brasil
Tel.: 0800-7040145 Fax: (21) 2585-2086
Printed in Brazil / Impresso no Brasil

Atendemos pelo Reembolso Postal

ISBN 978-85-03-00255-4

Capa e ilustrações: EDISON BARROCA

Texto revisado segundo o novo Acordo Ortográfico da Língua Portuguesa

CIP-Brasil. Catalogação-na-fonte
Sindicato Nacional dos Editores de Livros, RJ

Barroca, Edison
B272L O lápis mágico / capa e ilustrações Edison Barroca. – 5ªed. –
Rio de Janeiro: José Olympio, 2009.

1. Literatura infantojuvenil. I. Título.

09-0049 CDD – 028.5
CDU – 087.5

O LÁPIS MÁGICO

A

IONE

PEDRO e GABRIEL

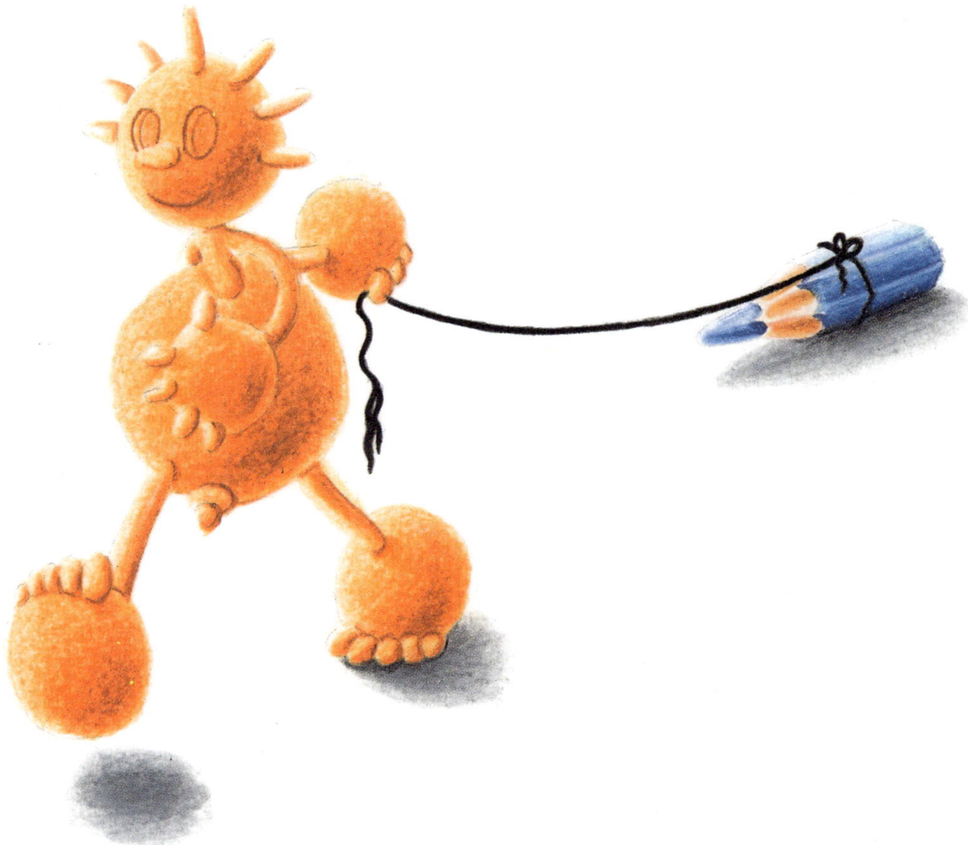

Este livro foi impresso nas oficinas da
LRD
Rua São Luiz Gonzaga, 1613 – São Cristóvão
para a
Editora José Olympio Ltda.
em novembro de 2009

*

78° aniversário desta Casa de livros, fundada em 29.11.1931